LA

PEINE DE MORT

POÈME

PAR COURTAT

Prix : 2 fr.

PARIS
CHEZ AD. LAINÉ ET J. HAVARD
RUE DES SAINTS-PÈRES, 19
—
1864

LA PEINE DE MORT

POÈME

PAR COURTAT

Prix : 2 fr.

PARIS

CHEZ AD. LAINÉ ET J. HAVARD

RUE DES SAINTS-PÈRES, 19

1864

AVERTISSEMENT.

Le petit nombre de personnes à qui mes doctrines littéraires sont connues verront, je l'espère, avec étonnement la longueur et le réalisme de la première tirade de ce poëme.

En lui donnant autant de développement, j'ai voulu n'omettre aucun des argumens, *à moi connus*, en faveur de l'abolition de la peine de mort. Trop loyal pour chercher à affaiblir un ennemi avant de le combattre, j'ai voulu, au contraire, revêtir le mien de ses meilleures armes.

En faisant un peu d'*horrible*, j'ai tâché de prouver, une fois de plus, à quel point est facile la littérature qui va y chercher ses inspirations, et qui croit y trouver des beautés.

Un certain nombre de vers, au début, sont simplement traduits d'une prose empruntée à plusieurs écrivains célèbres : ceux de mes lecteurs qui seraient tentés de m'accuser d'infidélité, ou seulement d'exagération, n'auraient pas lu les ouvrages auxquels je cherche à répondre.

Je demande pardon aux penseurs d'avoir traité, sous une forme légère, une question aussi grave que celle de la peine de mort. Mes convictions m'obligeaient à la défendre, donc à renoncer aux ressources brillantes et faciles que trouve à l'attaquer le plus banal de ses ennemis. Mais, voulant faire prévaloir, dans la mesure de mes forces, une opinion où je crois le salut des États intéressé, il me fallait une compensation aux avantages que je délaissais. Puissé-je l'avoir trouvée dans un mélange de raison et de raillerie !

LA

PEINE DE MORT

POÈME

L'IMAGINATION, seule.

Tigres, honneur et gloire à votre humanité!
Les hommes, ces enfans de la Divinité,
Perdirent dès Caïn, perdirent par le crime
Tous leurs droits à ce mot pour eux en vain sublime,
Et, du jour où le ciel eût dû les foudroyer,
L'animal a conquis le droit de l'employer.

LA RAISON, entrant sans être vue.

Que dit-elle, mon Dieu? Dès que je l'abandonne,
Elle perd la mesure, et constamment détonne;
Mais voyons où sans moi s'emporte son ardeur.
Elle me croit bien loin; laissons-lui cette erreur;
Laissons-lui les périls de son indépendance :
Elle va se lancer en pleine extravagance.
Des penseurs c'est ainsi qu'elle a tous les dédains;
Pour eux, ses favoris ne sont que baladins.

(La Raison se cache.)

L'IMAGINATION, se croyant toujours seule.

Dans la société vit un fonctionnaire
Assassin à patente, assassin ordinaire,
Officiel, renté, charmant au potentat,
Logé parmi les lois, assassin de l'État,
Mandé dans certains jours, assassin du supplice,
Qui pour engins de mort a les bois de justice,

Qui travaille en riant, et tue en plein soleil,
Après une nuit calme, un homme à son réveil,
Par procuration qu'une nation donne,
Cum privilegio legis... — Dieu! je frissonne. —
Son crime décrété par le législateur,
Que délibère ensuite un juré sans pudeur,
Et qu'ordonne le juge, et que consent le prêtre,
Et que le soldat garde, et que, pour s'en repaître,
Contemple un peuple lâche, est de tous ces pervers,
Tous complices, le crime en ses degrés divers.
Et me faut-il nommer l'être vil, l'être immonde
Qui concentre en lui seul leur rage furibonde?
On le nomme... BOURREAU!!! Déshonneur social,
D'horreur environné, ce monstre jovial,
Dont, par un sûr instinct, l'humanité s'éloigne,
Vit avec ses petits. Il les aime! il témoigne
A sa femelle infâme un délicat amour!
Martyrisant, tuant, torturant tour à tour,
Il rapporte en sa bauge un aimable sourire.
N'est-il pas délecté des terreurs qu'il inspire?
N'est-il pas la colonne où la société,
Telle que la conçoit plus d'un esprit vanté,
Croit toujours raffermir sa base chancelante?
N'est-il pas une faulx que Dieu même ensanglante?
N'est-il pas dans l'État le compagnon, l'égal
Des gendarmes et, plus, des gens du tribunal?
Ne figure-t-il pas le fait contradictoire,
Colossal, monstrueux, le fait blasphématoire,
La peine capitale étalant à grand bruit
Assez d'une justice où l'enfer se produit
Pour contenter la foule au couteau pantelante,
Assez d'une injustice où le ciel s'épouvante
Pour jeter au penseur et le doute et l'effroi.
— Admirez, admirez les jongleurs de la loi!

La Cour d'assise est là. — Le rouge au front me monte
— Un magistrat superbe en dirige la honte;
Il commence une chaîne à son fatal bureau,
Par son anneau suprême attachée au bourreau.
Il pour assesseur, que dis-je? pour complice
Un être tout pétri de ruse, de malice,
Le monstre défenseur de la société,
Ennemi du coupable, à le perdre exalté,
Perfide au prévenu comme il l'est à la langue,
Imposant au public son ignoble harangue,
Son pathos où le goût est toujours avili,
Où pas un lieu commun ne demeure en oubli,
Où fuyant la pensée, où bavard pédantesque,
Il grandit sa parole au sublime grotesque,
Et dégrade un jury, s'il en peut obtenir
Par un assassinat la tête d'un martyr.
Mais pardonne, ô bourreau, ma parole imprudente.
En tenant un des bouts de la chaîne sanglante,
Tu n'es qu'un instrument. Malheureux! je te plains:
Ton crime est pardonné. Quand tu souilles tes mains,
Quand sous le couperet, pour ce peuple qui houle,
La tête du proscrit sur ton échafaud roule,
Le vrai coupable est loin : il est au tribunal,
Sous prétexte du bien, adorateur du mal,
Fangeux dans ses plaisirs et charmé de sa fange;
Pour lui la guillotine est un besoin étrange!
Il vole à Dieu le droit et de vie et de mort;
Il vole au condamné sa chance de remord,
Les jours qu'il lui fallait, et qu'il faut au saint même
Pour l'expiation, avant l'heure suprême;
Sur le Christ, sur Socrate, et sur aucun martyr,
Sans le droit de tuer, aurait-on à gémir?
Tigres, si vous vivez en paix avec les vôtres,
De l'infâme raison les infâmes apôtres

Ont à s'entr'égorger leur suprême bonheur.
Le monde est assez grand pourtant. Le Créateur
Le remplit d'assez d'air pour toutes les poitrines
Qui devaient s'y gonfler aux effluves divines.
A la mort d'un semblable aurait-on double part,
Ou l'air s'épure-t-il, en secouant la hart,
En tuant, massacrant, en formant, goutte à goutte,
La mer de sang humain où chaque peuple ajoute?
Voyez le condamné, ministres du trépas.
Quand vous fixez le jour qu'il ne franchira pas,
Il entre dans la mort, dans la mort à distance,
Où plus l'heure décroît, plus s'accroît la souffrance.
Sans amis, sans parens, sans appui, sans secours,
En un cachot sans air, sans issue, à murs sourds,
Ignoré du soleil, effroyable sentine
Où loin de la clarté fourmille la vermine,
Il tombe à la lueur d'un sombre lumignon.
Féroce jusqu'au bout, la loi pour compagnon
Lui donne un gardien dont il devient la chose,
Dont sur la cruauté l'avancement repose.

Le supplice commence : il se croyait au moins
Un droit à préparer son linceul sans témoins;
Il se croyait un droit, au moins, au sombre charme
De verser en famille une dernière larme,
D'adresser loin de tous sa prière au Seigneur.
Non, de ses derniers jours il distille l'horreur
Sous l'œil d'un ennemi qui le doit faire vivre,
Jusqu'à ce qu'au bourreau, sain et sauf, il le livre.

Après l'effroi du jour, le cauchemar, le soir,
Sur sa poitrine vient en ricanant s'asseoir.
Dans un flot de son sang il se voit en squelette
Mangeant sa propre chair que le bourreau lui jette...

Horreur ! — La scène change. — Il se voit au gibet,
Et sur lui ses enfants lancent le quolibet,
S'accrochent à ses pieds ! Les monstres parricides,
Impuissans à tuer, en retombent livides...
Horreur ! — La scène change. — Il voit des échafauds ;
Sur l'un son père monte, et saisit une faulx ;
La tête du dormeur en rebondissant roule ;
Lui-même il la ramasse, et la jette à la foule...
Horreur ! — La scène change. — Il voit un bourreau seul,
Puis deux femmes cachant leur tête en un linceul ;
L'homme les déshonore, et, quand leur voile tombe,
Le dormeur reconnaît ses filles dans leur tombe !
Il se réveille enfin, bondit sur son grabat ;
Et contre l'invisible, en délirant, combat ;
La raison lui revient... sur lui fond la démence.
Au suicide il court, contre un mur il s'élance ;
Il s'y voudrait briser... Hélas ! le gardien
Qui le couvait des yeux, qui pour suprême bien
Lui promet l'échafaud, sur lui lâchement tombe,
Et dans la camisole où la force succombe,
A l'état de momie, ensevelit vivant
Le martyr de la loi, sa honte trop souvent.

La maladie un jour à la mort le convie :
L'alarme se répand. Pour lui sauver la vie
Promise au couperet, accourt un médecin
Qui s'acharne sur lui, qui, réel assassin,
Le rend à la santé : sur la place publique
Il veut pour son malade un sanglant viatique !

Succombant à la loi, pour son dernier réveil,
D'honnêtes artisans à l'infâme appareil
Ont rendu la lumière. Au grand jour il se dresse ;
Mais la société luxueuse en bassesse,

Courageuse en forfaits, et lâche à les montrer,
Dans le haut d'un faubourg cache, sans l'épurer,
Le théâtre où la mort, l'universelle actrice,
Pour un joyeux public doit jouer au supplice.
En sursaut réveillé, le proscrit a connu
Que du drame sanglant le moment est venu.
Il veut se maintenir : la nature est trop forte.
Du calme à la fureur, à la rage il s'emporte ;
Il fond sur ses bourreaux, les frappe, les abat ;
Mais au nombre il succombe, et l'immonde combat
Finit quand la victime avilie, épuisée,
Se soumet aux valets et leur sert de risée.

Un autre acte commence. Un prêtre insouciant
Du ciel au condamné vient parler en bâillant.
N'a-t-il pas dans la pièce à redire son rôle,
Les consolations commençant à la geôle,
La prière en chapelle, et le baiser final,
Après le crucifix, avant le coup fatal ?
Il témoigne au bourreau, son trop digne acolyte,
Une sorte d'amour qui n'a rien d'hypocrite ;
Du pouvoir clérical ne voit-il pas en lui
Dans une heure propice un nécessaire appui ?
Toujours il adoucit pour lui sa face altière ;
Il en souffre la main jusqu'en sa tabatière !
Et dans l'ignominie à plaisir se plongeant,
Aux aides il adresse un sourire engageant.

LA RAISON (toujours cachée).

Eh ! c'est faux mille fois. Contre le sacerdoce
D'où peut donc lui venir cette haine féroce ?
Ce n'est pas se tromper, mais c'est calomnier.

L'IMAGINATION (reprenant).

Abandonnons ce prêtre indigne de prier.
— Au milieu des horreurs, j'oubliais la *toilette*,

Dérision infâme, où la langue muette
Oblige les bourreaux à caricaturer
Un mot qu'elle voulut au plaisir consacrer.

Le cortége est en marche : on passe au dernier acte;
L'échafaud se gravit, et la foule compacte
Pousse comme un seul homme une immense clameur.
Voyez et déplorez, dans ce comble d'horreur,
L'enfant, la femme au sang tremblant comme la feuille,
Mais pourtant délectés. Dans eux l'État recueille
Son châtiment. La mort, comme au peuple romain,
Est au peuple moderne un plaisir surhumain.
Le bourreau triomphant croit finir le spectacle;
Il a lâché la corde... Épouvante!! un obstacle
Sur le cou qu'il entaille a suspendu le fer;
Le condamné rugit, se croyant en enfer.
On crie : Il tombera! — Majestueuse foule!
— Il ne tombera pas... Et toujours le sangcoule!
Le couteau se relève et retombe cinq fois!
La victime a vaincu ses bourreaux aux abois :
Ils ont fui SANS TUER! Le plus jeune s'élance
Comme pour lui sauver sa mourante existence;
Mais le perfide cache une arme de boucher,
Et du supplicié qu'il se met à hacher
Coupe en triomphateur le restant de la tête,
Et l'applaudissement vient couronner la fête!

Grand Dieu! lance ta foudre : il était INNOCENT!
Ce n'est pas un proscrit sur qui la loi descend :
C'est un nouveau martyr s'ajoutant à mille autres.
De la peine de mort les vertueux apôtres
Ont agrandi l'erreur jusqu'à l'assassinat!
Au coupable ils craignaient que l'on ne pardonnât,
Et leur illusion où l'absurde étincelle.

Au juste, à l'innocent, est aujourd'hui mortelle !
Martin et Monbailli, Lesurques et Calas
(Par honte pour nos temps, arrêtons-nous, hélas !),
Appelaient-ils, du ciel, un nouveau faux oracle,
Voulaient-ils augmenter leur funèbre cénacle ?
Pour tout homme chez qui l'esprit demeure sain,
Entre le vrai coupable et son juge assassin
La seule différence est qu'à pas de tortue,
Avec cérémonie, un juge marche et tue,
Et que le scélérat, aux victimes plus cher,
Leur sauve l'agonie au coup subit du fer.
Féroce genre humain, le sang est le breuvage,
Le seul qui puisse éteindre ou modérer ta rage ;
Quand l'un des tiens élève au crime un vil autel,
Tu dois aux vertueux l'écart du criminel,
Et, par un châtiment qu'à toute heure on contemple,
Tu dois aux indécis un redoutable exemple.
Si la foule perverse au couteau vient frémir,
Pour elle il n'est bientôt qu'un pâle souvenir ;
Mais de chaînes lié, dans un travail immonde,
Sans repos, sans sommeil, épouvantant le monde
Pour avoir violé la grande loi d'amour,
Si chaque condamné jusqu'à son dernier jour
Sous les yeux de la foule épuisait la souffrance,
Sans pouvoir épuiser, en trente ans, l'existence,
Combien ce châtiment, moins sinistre d'abord,
Qui, loin de l'avancer, reculerait la mort,
Serait au vrai coupable un plus affreux supplice !
Il laisserait possible aux erreurs de justice
La réparation, impossible aujourd'hui...
Quand donc la raison pure aura-t-elle enfin lui ?
Que du bandit l'Etat doucement se défende ;
Par de bons traitemens qu'avant tout on l'amende ;
Des plus grandes clartés qu'il soit illuminé ;

Par l'ignorance au crime il fut prédestiné ;
A son expansion il fallait un théâtre,
Et la société, pour lui d'abord marâtre,
A cette heure lui doit la réparation,
Le flambeau trop tardif de l'éducation !
Ses grandes facultés, sa puissante nature
A l'étroit dans les lieux où l'on pèse, mesure
Les dons venant du ciel, mais fatals pour autrui,
Firent explosion : que d'excuses pour lui !
Gibet, couteau, bourreau, tourment, torture, chaîne,
Cachot, supplice, engins de martyre et de haine,
Fuyez, disparaissez aux sombres profondeurs !
La lumière apparaît ; qu'après tant de fureurs
Commence enfin le jour de la mansuétude ;
Qu'au lieu du châtiment se propage l'étude.
Plus grands sont les forfaits, et plus est solennel
Sur la société le droit du criminel ;
Augmentons les flambeaux, supprimons les supplices ;
De l'ignorance est né le crime après les vices.
Mais, hélas ! l'État vit par la férocité,
Tigres, honneur et gloire à votre humanité !

(Elle tombe épuisée sur un siége.)

LA RAISON, à part.

Quel violent accès ! Elle deviendra folle.
Soumettons-la pourtant à ma rude parole.

(Haut).

— Bonjour, belle.

L'IMAGINATION, se relevant.

Ah ! bonjour. Tu rentres au logis ?...
Quelle toilette, ô ciel ! pour nous deux j'en rougis.

LA RAISON.

J'aime les beaux tissus et les simples toilettes ;
Mais je hais ton clinquant, tes robes à paillettes,
Trop courtes par le haut, trop courtes par le bas,

Qui sentent le champagne et les plus vils combats,
Tes bijoux toujours faux, tes folles pendeloques,
Ton absence de goût, et ton luxe de loques.

L'IMAGINATION, avec colère.

C'est me traiter, Raison, par trop insolemment.

LA RAISON.

Tu me traitas plus mal.

L'IMAGINATION.

Jamais.

LA RAISON.

Mais si.

L'IMAGINATION.

Comment?

LA RAISON.

En m'appelant « infâme ».

L'IMAGINATION.

Oh! non.

LA RAISON.

Quelle mémoire!

L'IMAGINATION.

J'ai dit « pure. »

LA RAISON.

A la fin.

L'IMAGINATION.

C'était contradictoire,
Donc sans valeur.

LA RAISON, levant les épaules.

D'accord.

L'IMAGINATION.

Dans l'inspiration.
Le premier mot venu prouve une opinion.

LA RAISON, raillant.

Pour un assassinat tu prescris la lecture;
Au deuxième, ajoutant, imposant l'écriture,

Au parricide seul tu gardes le calcul.

L'IMAGINATION, avec dédain.

Le plus mordant sarcasme est un argument nul.

LA RAISON.

Pour toi le sérieux eut-il jamais de charme ?

L'IMAGINATION.

J'en suis fanatique.

LA RAISON.

Ah !

L'IMAGINATION.

Mais oui.

LA RAISON.

Bien : c'est mon arme.

L'IMAGINATION, aigrement.

Joignons-y l'ironie, et la méchanceté,
Et la fausse franchise, et la vraie âpreté,
L'orgueil et ses dédains, et son acrimonie.

LA RAISON, levant les épaules.

De mes perfections complète litanie !
C'est vrai, mon sérieux est très-brutal parfois.

L'IMAGINATION.

Que m'importe ! le faux me met seul aux abois.

LA RAISON, à part.

Pauvre fille !

L'IMAGINATION.

Plaît-il?

LA RAISON.

Rien ! — Je hais l'ignorance,
Et je crois que le crime en est la conséquence...
Quelquefois...

L'IMAGINATION.

Non, toujours.

LA RAISON.

Bonne pour prévenir,

La science jamais ne servit à punir.
Au profit de nos fils augmente les lumières,
Mais pour nos criminels prends d'autres bréviaires,
Et si, comme un outil, aux hommes de nos jours
L'instruction sommaire apporte son secours,
Garde-toi de penser qu'aux hameaux la science
Augmente les vertus, la bonne conscience.
Plus d'un bandit célèbre, à l'échafaud conduit,
Était littérateur, ou du moins homme instruit.

L'IMAGINATION.

Erreur !

LA RAISON.

Prends garde !

L'IMAGINATION.

Erreur !

LA RAISON.

Mais prends garde, te dis-je !

L'IMAGINATION.

Erreur !

LA RAISON.

Et Lacenaire ?

L'IMAGINATION.

Oh ! cet homme prodige !

LA RAISON.

Bien. Je te reconnais.

L'IMAGINATION.

Ce stoïque égaré,
Chansonnier plein d'esprit...

LA RAISON, interrompant.

Par toi-même inspiré.

L'IMAGINATION.

Eh ! mon Dieu ! Pourquoi pas ? — Est un type hors ligne....

LA RAISON, interrompant.

Bandit prétentieux...

L'IMAGINATION

D'indulgence il est digne.

LA RAISON.

Non, car il ne commit qu'un double assassinat.
Ce n'était pas assez pour qu'on lui pardonnât.
Il manqua le troisième, et, s'étant laissé prendre,
Je te blâme beaucoup de lui rester si tendre.

L'IMAGINATION.

Raison !

LA RAISON.

C'est mon avis. — En scélérats lettrés
On a vu Papavoine.

L'IMAGINATION.

Infamie aux jurés !

LA RAISON.

Il tua deux enfans.

L'IMAGINATION.

C'était un monomane !

LA RAISON.

Et c'est même pour lui qu'un roi de la chicane
Créa de toute pièce, et pour tout assassin,
Un système à l'instant cher à tout médecin,
Le système complet de la monomanie,
Où la scélératesse est, DE DROIT, impunie.
On est fou quand on tue, ou, du moins, peu s'en faut;
On doit être affranchi des risques d'échafaud,
Et le savant, dans vous, ne doit plus voir qu'un crâne
Dont les soulèvemens lui dévoilent l'arcane,
Dont, pour favoriser son art explorateur,
Il met dans du coton le *benin* possesseur.
Messieurs les avocats, à ton culte fidèles,
Recoururent bien vite à ces armes nouvelles;
Messieurs les médecins, aux lieux où tu prévaux,
Réclamèrent le droit d'inspecter les cerveaux...

L'IMAGINATION, interrompant.

Et qui pourrait mieux qu'eux distinguer la folie?

LA RAISON.

Le moindre bon esprit, avec qui je m'allie,
Vaut, pour juger un fou, toute la faculté.
Les rusés médecins n'en ont jamais douté,
Et chez eux, mon enfant, ce n'est qu'une rouerie,
Et, chez les magistrats, c'est une duperie
De prétendre qu'il faille un talent médical
Pour voir où la démence a mis son sceau fatal.

L'IMAGINATION.

Mais...

LA RAISON, interrompant, et du ton le plus railleur.

Passons. — Et Castaing, docteur en médecine,
Donnant à son ami des doses de morphine,
Et vous l'empoisonnant? Il était fort instruit.
A tuer sa victime il fut pourtant *réduit*.
Disons qu'il en devait recueillir l'héritage,
Ce qui le justifie.

L'IMAGINATION.

Indigne!

LA RAISON.

Sois plus sage,
Ou nous chavirerons avant d'entrer au port.
Sur un point, sur un seul, nous sommes bien d'accord :
Tu préfères beaucoup l'assassin aux victimes.

L'IMAGINATION.

Sotte!

LA RAISON.

Avec toi l'erreur est des plus légitimes.
Dans ta tendresse donc ils ont d'égales parts?

L'IMAGINATION.

Sotte!

LA RAISON.

Ils ont moins? Tant mieux. De ton aveu je pars
Pour jeter des clartés sur un sujet si sombre ;
A tes opinions je réponds par un nombre...

L'IMAGINATION, interrompant.

Comme sous Henri huit, à ton avis, il faut,
En quarante-deux ans, au sanglant échafaud
Soixante-dix milliers de victimes humaines?

LA RAISON.

Sur ce qu'on ne dit pas en vain tu te déchaînes !
A mes coups redoublés ont pris fin ces horreurs.
Y chercher aujourd'hui des argumens vainqueurs,
C'est remonter à tort le courant de l'histoire;
C'est montrer qu'en sa cause on a grand'peine à croire.

L'IMAGINATION.

Moi!

LA RAISON.

Dans ce siècle il faut, par an, par million,
Une tête tranchée [1].

[1] En France, en 1831, dernière année avant l'établissement des *circonstances atténuantes*, il y a eu cent huit (108) condamnations à mort. Deux condamnés se sont suicidés, un troisième est mort à l'hôpital. Sur les cent cinq autres (105), trente condamnés pour crime de *fausse monnaie et d'incendie* doivent être retranchés dans toute comparaison faite avec les années postérieures, puisque depuis 1832 ces deux crimes ne sont plus punis de la peine de mort. (Les trente condamnés ont tous été d'ailleurs l'objet d'une commutation de peine.) Reste en définitive, pour 1831, soixante-quinze condamnés à mort, dont *vingt-cinq* seulement, moins d'un par million d'habitants, ont été exécutés.

Si l'on passe maintenant au temps actuel, on trouve :

Qu'en 1859 il y a eu	36 condamnés à mort, dont	21 exécutés.
60	39	27
61	26	12
62	39	25
63	20	11

En 1863, la répression est donc presque descendue à un supplicié sur quatre millions d'habitans.

Elle a été de quatre suppliciés sur un million d'habitans, en moyenne, dans les années 1812, 1813 et 1814.

L'IMAGINATION.

Abomination!
De la peine de mort c'est être fanatique;
Dans vingt cas, dans cent cas par ta faute on l'applique,
Horrible! horrible! horrible!

LA RAISON.

En répétant trois fois,
Ma chère, une sottise, on en fait, je le vois,
Un trait spirituel.

L'IMAGINATION.

Et c'est là me répondre!

LA RAISON.

Patience. Ton art est grand à tout confondre:
Le mien distingue. Adopte, en seule exception,
Contre l'assassinat la loi du talion:
J'en serai satisfaite, et, pour tout moindre crime,
Je pourrai me montrer un peu plus magnanime.
— Au moment du combat le droit existe-t-il
De tuer l'assaillant qui vous met en péril?

L'IMAGINATION.

Dent pour dent, œil pour œil...

LA RAISON, interrompant.

Légitime défense,
Pouvoir substitué. L'État dans lui condense
Les intérêts, les droits d'un peuple tout entier.
A qui les combattra peut-il faire quartier?
La charité chrétienne à chacun est prescrite,
Quand on agit POUR SOI, mais toujours interdite
Alors que, disposant d'un pouvoir souverain,
On fait le généreux aux dépens du prochain.
Dès que l'État mollit, le citoyen s'alarme;
Le poignard, le stylet des faibles devient l'arme;
De la légalité bientôt sonne le glas;
La loi de Lynch surgit avec les coutelas.

Les duels, ces combats où l'on s'entr'assassine,
Ne remontent-ils pas à la même origine?
Quand sous certaine forme un homme est outragé,
Que la loi ne peut rien, qu'il veut être vengé,
Que j'arrive trop tard, sa vanité se cabre :
Il recourt à l'épée, au pistolet, au sabre,
Qui, sous la loi muette, au simple citoyen
Restent contre l'insulte un suprême moyen.

L'IMAGINATION.

Oui, c'est un lieu commun usé jusqu'à la corde :
L'État concentre en lui tous les droits; je l'accorde.
Il s'agit d'autre chose. A l'heure du combat,
On frappe l'ennemi que sous soi l'on abat;
Mais s'il se rend, s'il offre à son vainqueur sa tête,
La flamboyante épée au même instant s'arrête.

LA RAISON.

Mon Dieu! que c'est bien dit! J'admire de tout cœur.
Voyons un autre exemple. Un molosse en fureur,
Un molosse enragé, sur un homme s'élance,
Le mord, puis rentre au calme. Avant qu'il recommence,
A-t-on reçu du ciel le droit de le tuer?
N'a-t-on pas le devoir plutôt de commuer,
Et faut-il envoyer le molosse aux galères?

L'IMAGINATION, indignée.

Blasphémer avec calme!

LA RAISON.

Oh! je ne m'émeus guère,
Tu le sais. Sur ce point nous pourrons revenir.
Au premier, sagement, tu veux bien consentir;
Dans l'intérêt public l'État en lui condense
Les droits particuliers?

L'IMAGINATION.

Mais c'est une évidence!

LA RAISON.

Faisons encore un pas. — Comme un enseignement,
Il faut dans chaque État le mortel châtiment,
Le seul qui terrifie : il vient à tous apprendre
Ce que coûte le sang à qui veut le répandre,
Sans un droit social. A l'innocent ingrat
Il sauve le couteau de plus d'un scélérat.

L'IMAGINATION.

Quoi !

LA RAISON.

L'effroi du supplice en mille circonstances
Arrête un malfaiteur avant les violences,
En ne lui réservant que l'emploi des moyens
Où la ruse agit seule.

L'IMAGINATION.

Et, moi, je te soutiens
Que la peur de la mort n'empêche pas un crime,
N'économise pas une seule victime.

LA RAISON.

Certaines vérités, par le raisonnement,
A l'état d'évidence arrivent sûrement ;
Par l'observation celles qui se démontrent
Dans tes aveugles yeux, au contraire, rencontrent
Pour la meilleure preuve un obstacle absolu.
À ce que l'on *suppose,* à ce que l'on a lu,
Quiconque bornera, comme toi, sa science,
Restera sans valeur, sans nulle expérience.

L'IMAGINATION.

Mais c'est m'injurier.

LA RAISON.

Donc finissons.

L'IMAGINATION.

Du tout.
Puisque tu commenças, il faut aller au bout.

LA RAISON.

Soit. D'où vient que les gens de la magistrature
Et les gens du pouvoir ont tous l'âme si dure
Que, bien avant les jours assombris par les ans,
De la peine de mort ils sont tous partisans ?
N'est-ce pas que du crime ils savent chaque face,
Et que tu n'en sais qu'une? Et pourtant ton audace
Pour leur opinion n'a qu'insulte et mépris.

L'IMAGINATION.

Les monstres !.. Dans le sang ils se sont aguerris.
Mais pour moi j'ai toujours les jeunes gens, les femmes,
Dont les cœurs généreux s'échauffent à mes flammes,
Et nous serons bientôt ensemble triomphans.

LA RAISON.

Non, même avec l'appui de ces hommes-enfans
Où j'ai mes ennemis. — Si tu daignais descendre
Jusques aux scélérats qui te rendent si tendre;
Si, comme je l'ai fait, tu daignais engager
Un entretien intime, avec eux sans danger,
Par leurs simples aveux tu saurais que les bagnes
Sont le risque accepté de toutes leurs campagnes,
Mais que le couperet, sur eux toujours levé,
Par la tourbe d'élite est seulement bravé,
Par celle où, l'échafaud affirmant la justice,
L'assassinat décroît, quand s'accroît le supplice.
Aux déclamations sur la peine de mort
De francs raisonnemens s'opposent sans effort;
J'en montrerai l'erreur et les vains artifices;
Mais il faut m'accorder, de rigueur, pour prémisses
Qu'à l'exécuteur seul frémit le malfaiteur.

L'IMAGINATION.

C'est faux, c'est faux, c'est faux !

LA RAISON.

Ah ! tout déclamateur

Disant que dans l'engeance où le sang pur se verse
Ne marchent pas toujours, comme en raison inverse,
Le crime et le supplice, est un aveugle ou ment,
Et je suis dans le vrai, ma belle, en affirmant
Qu'aujourd'hui ce n'est pas l'erreur, mais le mensonge
Où ta mauvaise foi sans hésiter se plonge.

L'IMAGINATION.

Malheur à toi, Raison!

LA RAISON.

Finissons l'entretien.

L'IMAGINATION.

Quoi! pour me convertir tu n'as pas un moyen?

LA RAISON.

Mes prémisses, enfant, sont-elles accordées?

L'IMAGINATION.

Que t'importe, mon Dieu! Lâche encor des bordées.

LA RAISON.

Soit. Tu me répondras ensuite sans détour.
— Dans la Convention, *à son suprême jour*,
— Logique! — on supprima *la peine capitale*,
— Logique! — à commencer de la paix générale,
— Logique! Elle accroissait *son renom de bonté*,
En léguant l'impossible à la postérité.
Reçu sous bénéfice et sous droit d'inventaire,
Ce legs fut refusé, malheur affreux!

L'IMAGINATION.

Vipère!

LA RAISON.

Dans la même séance un conventionnel,
Pour n'abandonner point le châtiment mortel,
Dit qu'en le supprimant, sous Joseph deux, les nombres
Et des assassinats, et des crimes moins sombres,
S'accrurent à tel point qu'il fallut revenir,
Et bien vite, au supplice.

L'IMAGINATION.

Eh! c'est faux à plaisir!

LA RAISON.

Dans la Convention, dans ce séjour des roses,
On se connaissait bien cependant à ces choses.
On ne répondit rien au féroce orateur.
Le fait était donc sûr, quoiqu'il te fasse horreur.
— Maintenant, à nous deux! — Grâce à la guillotine,
Le malfaiteur prudent un peu moins assassine.
Est-ce vrai? Réponds-moi nettement.

L'IMAGINATION, bas.

Entre nous
Nul danger à dire « oui. » Ma foi! je m'y résous.

LA RAISON.

Eh bien?

L'IMAGINATION, haut.

Il semble...

LA RAISON, interrompant.

Oui? Non?

L'IMAGINATION, avec effort.

Oui!

LA RAISON.

Sans nulle réserve?

L'IMAGINATION.

Mais...

LA RAISON, interrompant.

L'affirmation avec un « mais » s'énerve.

L'IMAGINATION, en criant.

Oui!!

LA RAISON.

J'aborde à présent tes divagations.

L'IMAGINATION.

Qu'est-ce à dire?

LA RAISON.

J'ai tort. — Tes déclamations.
— Jusqu'à la dernière heure, à la mort volontaire,
Comme à la maladie, il faut de droit soustraire
Un condamné qui peut sans miracle obtenir
Sa grâce, même injuste, et dans son lit mourir.
Mais s'il doit apporter à l'échafaud sa tête,
Au contraire, l'État logiquement l'arrête,
Quand par le suicide il cherche à fuir son sort:
Le condamné lui doit une sanglante mort.
Qu'il s'en prenne à lui seul si dans l'horreur il sombre!

En peignant les cachots d'une couleur si sombre,
Tu prouves à quel point ils te sont inconnus.

L'IMAGINATION.

Comment? Au moyen âge ils étaient bien tenus?

LA RAISON.

Quelle tête, mon Dieu! Sois donc un peu plus sage.
Je te dis : «temps présent» ; tu réponds: « moyen âge ».
Depuis quatre-vingt neuf, et surtout de nos jours,
Les prisons ne sont pas d'effroyables séjours.
Plus d'un artisan libre est très-loin de connaître
Ce que les détenus y trouvent de bien-être.

La jeune fille pure et l'homme le plus vil
Souffrent du cauchemar. Il est donc puéril
D'en faire un argument pour ou contre la peine.
Si pour les faits réels tu n'avais tant de haine,
Tu saurais qu'une vierge à mauvais estomac,
Comme un bandit infect d'absinthe et de tabac,
Est parfois condamnée à d'effroyables songes,
Et jusqu'à son réveil en subit les mensonges.

Sache encore, d'ailleurs, qu'en attendant la mort,

Le condamné s'occupe assez peu de son sort;
Jusques au jour fatal il garde l'espérance;
S'il la perdait pourtant, s'il avait la souffrance
Qui serait de son crime un premier châtiment,
Serait-elle au pardon un acheminement?
Non. Tout ce que tu peins est fantasmagorie.

Ta critique de style est une moquerie.
De moi, pour bien remplir ses hautes fonctions,
Le magistrat reçoit ses inspirations;
Je dicte ses arrêts et ses réquisitoires,
Et m'embarrasse peu des formes oratoires.
Quand le fond est sensé, le style est bon toujours.
Tant mieux que l'orateur dans d'élégans contours
Promène sa pensée, et dans les fleurs conduise,
S'il défend le bon droit: tant pis qu'il nous séduise,
Si sa parole *pure* ouvre un chemin au mal:
Le style ne fait pas l'intègre tribunal.
J'aborde maintenant la question d'injure.
Que les malfaiteurs soient de la magistrature
Les ennemis natifs, et que, sous les barreaux,
Sur l'échafaud sanglant, ils y voient leurs bourreaux,
Je le pardonnerai, mais essaye une enquête:
Tu trouveras en eux un sentiment honnête.
Rebelles sociaux, dans leurs combats impurs
De la mort, à l'échec, ils sont d'avance sûrs,
Et l'honneur conservant, même en eux, sa puissance,
Ils lancent leur dédain pour toute récompense
Au juge, au combattant de la société,
Dès qu'en traître il faiblit à leur perversité.
Donc tout homme de bien, trouvant dans la justice
Ses soldats naturels, semble un enfant du vice,
Quand, par ingratitude, il s'imprègne contre eux
D'une haine inconnue au social lépreux,

Quand il prodigue au juge insulte et ridicule
Si le juste échafaud par son ordre bascule.

Je ne discute pas tes effets les plus beaux :
Une tête tombant en six coups, par lambeaux,
Sert avec grand'raison la gent déclamatoire.
Mais pourquoi dédaigner vingt-deux coups de doloire[1],
Non, trente-quatre coups, qu'un soldat, vrai boucher,
Donna sur une tête avant de la trancher?
Cette horreur, déjà vieille, à ta belle peinture
Eût ajouté du charme, et comme une parure;
Elle aurait démontré — l'évidence — qu'il faut
Un bon exécuteur sur un bon échafaud.

Je ne parlerai pas de la guerre si rare
Qu'à ses exécuteurs le condamné déclare.
Du coupable jamais par la société
Le concours au supplice est-il sollicité?
Sa révolte à la mort peut-elle à s'y soustraire
Lui créer un droit? Non : tu sais bien le contraire.

L'IMAGINATION.

Quoi?

LA RAISON.

Malgré les dangers qu'ils ont toujours pour moi,
L'exagération et le faux sont ta loi.
Je dois m'y résigner. C'est dans ton organisme;
Mais dans ton infamie arriver au cynisme...

L'IMAGINATION, *interrompant.*

Tu mens, tu mens, tu mens!

[1] « Sous Richelieu, sous Christophe Fouquet, M. de Chalais fut mis à « mort, devant le Bouffay de Nantes, par un soldat maladroit qui, au lieu « d'un coup d'épée, lui donna trente-quatre coups d'une doloire de ton- « nelier, etc. (La Porte dit vingt-deux, mais Aubery dit trente-quatre.) » Cette note n'est pas de moi.

LA RAISON.

Je dis la vérité.

L'IMAGINATION.

Tigres, honneur et gloire à votre humanité!

LA RAISON.

Veux-tu te taire !

L'IMAGINATION.

Indigne!

LA RAISON.

En faisant tes peintures,
Sur la religion à faux tu t'aventures.
Les vrais prêtres au tien jamais n'ont ressemblé.
En répandant sur eux ton fiel accumulé,
Tu vas depuis l'erreur jusqu'à la calomnie,
Tu deviens ridicule en pleine ignominie.

L'IMAGINATION.

Je ne puis te comprendre. En mainte occasion
N'ai-je pas inspiré sur la religion
Odes, stances, sonnets, dithyrambes sublimes?
Et tu vas follement placer au rang des crimes
Une injure adressée aux prêtres, en passant!
Le sujet l'exigeait: donc c'était innocent.
En autre occasion, et dès demain peut-être,
J'en redirai du bien: tu devrais me connaître.

LA RAISON, raillant.

Au fait, le sérieux, m'as-tu dit, est ton fort.
Tu frappas, aujourd'hui, sur la peine de mort:
Peut-être, dès demain, à ta palinodie
Il me faut préparer...

L'IMAGINATION, avec colère.

Ah! quelle perfidie!

LA RAISON.

En quoi?

L'IMAGINATION.

Sans réfléchir...

LA RAISON, interrompant.

Comme toujours.

L'IMAGINATION.

Tais-toi.

Une phrase m'échappe, et ta mauvaise foi
S'en fait à l'instant même une arme à me détruire!

LA RAISON.

Tu te trompes beaucoup : je ne veux que m'instruire.

L'IMAGINATION.

Sur la peine de mort je n'ai pas varié.
Pour sa suppression j'ai parlé, j'ai crié.

LA RAISON.

Et tes cris incessants, et ton flux de parole,
Et tes mille combats à grands coups d'hyperbole,
Ne l'ont pas obtenue.

L'IMAGINATION.

A moi donc l'avenir!
Seule, par mes efforts, je saurai réussir.

LA RAISON.

Et du contraire, moi, je suis sûre, très-sûre.

L'IMAGINATION.

Oh! folle confiance!

LA RAISON.

Oui : sans moi rien ne dure :
Si tu réussissais, ce serait pour deux jours.
Va donc porter ailleurs tes folâtres amours,
Et laisse-moi frapper sur l'engeance perverse.

L'IMAGINATION, l'interrompant.

Mes amours? Quand le sang, le sang humain se verse!

LA RAISON.

Çà! De Solferino la gloire t'enivra?

L'IMAGINATION.

Je n'ai point oublié les chants qu'il m'inspira.
« Sur la funèbre table où le jeu des batailles
« De la gloire aux guerriers ouvre les funérailles,
« Le héros souriant vient de jeter son dé,
« Et de trois grands États le sort est décidé !
« Combien d'êtres obscurs, alors que ce dé tombe,
« Par une seule main sont marqués pour la tombe !
« Soldats de la patrie, et soldats du devoir,
« L'infâme vous croit seul un lâche désespoir.
« A vingt ans vous quittez, en pleurant, les demeures
« Où votre adolescence eut ses plus douces heures,
« Et vous entrez, craintifs, aux vieilles légions :
« Un même jour vous fait hommes, soldats, lions
« Bondissant aux périls comme aux jeux de votre âge ;
« Votre noble furie, au travers du carnage,
« Courant à l'héroïsme et rencontrant la mort,
« De chaque survivant exaspère l'effort... »

LA RAISON, interrompant.

Assez !

L'IMAGINATION.

Mes vers sont bons.

LA RAISON.

O fille inconséquente !
Je les ai corrigés : donc ils sont bons.

L'IMAGINATION.

Méchante !

LA RAISON.

La France étant complice, en une seule fois,
Dix milliers d'innocens sous Napoléon trois
Furent donc mis à mort, et puis l'on me refuse
Quelques affreux bandits : c'est vraiment sans excuse.

L'IMAGINATION.

Quelle différence !

LA RAISON.

Oui. De leur sang le plus pur,
Pour un motif restant à la plupart obscur,
De nobles jeunes gens, libres de toute haine,
Pleins de saintes ardeurs, arrosèrent la plaine
Où la France a pleuré ses plus dignes enfans.
Je ne compare pas des héros triomphans
A l'assassin vaincu que frappe après son crime
Le fer dont il frappa l'innocente victime.
La mort en sa moisson, quand elle a pour faucheur
Un brillant conquérant, par son aide vainqueur,
Au sublime, ma belle, au délire t'exalte;
Devant la tombe pleine as-tu jamais dit : Halte !
Pour toi n'est-elle pas un lieu d'enivrement ?
Avec moi laisse donc la mort péniblement
Faucher sur l'échafaud quelques têtes infâmes
Que pour l'impunité, toi seule, tu réclames.

L'IMAGINATION.

Non, les travaux forcés aux plus grands criminels
Suffisent, sans aller aux châtiments mortels.
J'aime un sang glorieux, et non un sang immonde;
Celui dont l'échafaud sous le couteau s'inonde
Est l'orage oublié quand le calme revient;
Mais le travail forcé, le bagne qui retient
Jusqu'à son dernier jour le coupable au supplice,
Pour la répression et du crime et du vice,
Est plus sûr. Comme exemple, un vivant châtiment
Sert, autant qu'est stérile un court égorgement.

LA RAISON.

Tu ne me parles plus des attentions fines,
Dessert, café, liqueurs qu'au bagne tu destines.

L'IMAGINATION.

Ah! Raison!

LA RAISON.

Je traduis en langage sensé
Un système par toi, par les fous, encensé.

L'IMAGINATION.

Si j'ai passé le but par mon enthousiasme,
Devrais-tu, toi, Raison, recourir au sarcasme?
Songe à ces trois grands mots....

LA RAISON.

Lesquels?

L'IMAGINATION.

Répression,
Expiation...

LA RAISON, étonnée.

Oh!

L'IMAGINATION.

Moralisation,
Qui renferment entre eux toute la loi pénale.
Garde donc tes lazzis pour chose moins fatale.

LA RAISON.

Dispose mieux ces mots: CIEL, *expiation;*
TERRE, par le clergé, *moralisation*,
Par la société, *répression.* Le sage
En fit toujours ainsi le solennel partage,
Et se rit des discours où plus d'un sot bavard,
Sans quitter l'utopie, argumente au hasard,
Des humains se prétend tout au moins un apôtre,
Confond tous les devoirs, annule l'un par l'autre,
Et construit dans le vide un fantastique État
Où ne pourrait durer deux jours un potentat.
De l'expiation le Seigneur reste arbitre;
D'artistes en vertus ayant conquis le titre,
Les soldats de l'autel, je l'ai dit autre part,
Jamais ne sont vaincus, même atteints, dans leur art.
Le pouvoir social leur doit son assistance,

Sans prétendre en ce point à la prééminence :
Il a d'autres devoirs. A la répression
Suffisent à grand'peine et sa forte action,
Et les nombreux agents qu'à son aide il appelle ;
A châtier le mal sa tâche est assez belle ;
Qu'il ne poursuive pas ce qui fuit de sa main.

L'IMAGINATION.

Sans même renoncer à l'holocauste humain !

LA RAISON.

En ces jours que de nous sépare un tel abîme,
Quand l'homme à ses faux dieux offrait l'homme en victime,
A la peine de mort s'ajoutaient les tourmens.
Holocauste, supplice *en ses raffinemens*,
Ne sont plus, grâce à moi, qu'un souvenir immonde,
Et la peine mortelle où fleurit ta faconde,
Au sacrifice humain n'ayant aucun rapport,
De ce que je protége eut justement le sort :
Par moi de siècle en siècle elle fut maintenue.

L'IMAGINATION.

Sa fin approche.

LA RAISON.

Non.

L'IMAGINATION.

L'époque en est venue.

LA RAISON.

Non. — Suivons. Tu voudrais à Toulon réunir
Ceux que la loi condamne en ce siècle à mourir ;
Tu voudrais que chacun, de Dunkerque à Bayonne,
Et de Brest à Strasbourg par sa lunette, bonne,
A tous les points de vue, aperçût les pervers
Pour plus ou moins longtemps à Toulon mis aux fers ;
Mais comment distinguer dans cet immonde temple,
Les dieux *à tems* des dieux dont l'éternel exemple
Doit sur le bord du crime arrêter l'assassin,

Et des autres bandits le formidable essaim?
Dis-moi comment?

L'IMAGINATION.

Tu sais que si seule j'invente,
L'organisation te regarde, pédante.

LA RAISON.

Organisons. Veux-tu qu'après des examens,
Des plus grands chenapans prenant des spécimens,
Nous les mettions ferrés dans une belle cage,
Et te les promenions de village en village,
Précédés d'un héros qui criera : Garde à vous!
Voyez comme punit la justice en courroux...
Non, la justice calme.

L'IMAGINATION.

Ainsi, Raison, tu railles,
Et sur un tel sujet! Tiens, tu n'as pas d'entrailles.

LA RAISON.

Avec toi, malgré moi, je perds mon sérieux.

L'IMAGINATION.

C'est m'insulter.

LA RAISON.

Oh! non. Mais je vais parler mieux.
Le ridicule a fait, je le crois, justice ample
De l'espoir que le bagne aurait par son exemple
Un moyen d'arrêter plus ou moins le poignard :
Du moindre criminel le bagne est le hasard!
Je n'aborderai pas l'idée indéfendable
Qu'à la société reste plus profitable
Le condamné vivant que le condamné mort.
Alors que des prisons ou que du bagne il sort
Il a coûté dix fois en dépense diverse,
Ce que par son travail au Trésor il reverse...

L'IMAGINATION.

Donc par économie, et par raisonnement,

Et par humanité, prison, bagne, tourment
Sont de trop.

LA RAISON.

Je me tais, quand ainsi l'on raisonne.

L'IMAGINATION.

Oh ! toi qui me connais, un rien te désarçonne !

LA RAISON.

Je te connais trop bien. Pour l'état social
Je connais ton péril. L'écrivain déloyal,
De son venin perfide empoisonnant le monde,
Dans la nue avec toi chevauche et vagabonde.
Ton magique pouvoir, trop souvent triomphant,
D'un homme, d'un vieilllard, fait, au plus, un enfant,
Las ! un enfant terrible, en constante révolte,
Qui joue avec le feu, le poison, qui récolte
Les applaudissements du pauvre genre humain,
Lorsqu'entouré de flamme il y met de sa main,
En suprême bienfait, l'incendie ou la peste.

L'IMAGINATION, interrompant.

Ah ! çà, mais contre moi c'est tout un manifeste !

LA RAISON, reprenant.

C'est par toi que s'accroît le peuple d'esprits mous
N'osant plus pour le bien frapper de justes coups ;
C'est par tant de faiblesse et de bonté perfides,
Qu'au bagne on peut ouvrir un club de parricides
Qui, tout couverts encor du sang de leurs auteurs,
Y reçoivent parfois des pardons pleins d'horreurs !

L'IMAGINATION.

Mais ce n'est que justice, alors qu'ils se repentent.

LA RAISON, ironiquement.

Mais entre deux forfaits je conviens qu'ils s'en vantent.

L'IMAGINATION.

Le grand Beccaria hait la peine de mort !

Je suis folle, oui. Mais lui ne peut pas avoir tort[1].

LA RAISON.

Tu ne l'as jamais lu, ma pauvre enfant!

L'IMAGINATION.

Non, certe.
Mais je sais qu'il la hait : ceci te déconcerte?

LA RAISON.

Les hommes commençant une société,
Des droits de la nature à la communauté
Cédèrent sagement une faible partie
Pour avoir du surplus complète garantie.
Mais sur sa propre vie accorda-t-on pourtant
Au pouvoir qu'on élut un droit préexistant?
Le dire, c'est risquer les démences suprêmes.
Aux hommes Dieu défend de disposer d'eux-mêmes;
Mais si le suicide est un crime pour eux,
De se faire tuer ont-ils le droit affreux?
Dans l'un et l'autre cas le forfait est semblable.

[1] La souveraineté et les lois ne sont que la somme des petites portions de liberté que chacun a cédées à la société. Elles représentent la volonté générale, résultat de l'union des volontés particulières. Mais qui jamais a voulu donner à d'autres hommes le *droit* de lui ôter la vie? Et doit-on supposer que, dans le sacrifice que chacun a fait d'une petite partie de sa liberté, il ait pu risquer son existence, le plus précieux de tous les biens? Si cela était, comment accorder ce principe avec la maxime qui défend le suicide? Ou l'homme a le droit de se tuer lui-même, ou il ne peut céder ce droit à un autre, ni à la société entière...... La mort d'un citoyen ne peut être regardée comme nécessaire que pour deux motifs. Premièrement, dans ces moments de troubles où une nation est sur le point de recouvrer ou de perdre sa liberté. Dans les temps d'anarchie, lorsque les lois sont remplacées par la confusion et le désordre, si un citoyen, quoique privé de sa liberté, peut encore, par ses relations et son crédit, porter quelque atteinte à la sûreté publique, si son existence peut produire une révolution dangereuse dans le gouvernement établi, la mort de ce citoyen devient NÉCESSAIRE. Mais sous le règne tranquille des lois..... il ne peut y avoir aucune nécessité d'ôter la vie à un citoyen, *à moins que la mort ne soit le seul frein capable d'empêcher de nouveaux crimes.* Car alors ce second motif autoriserait la peine de mort et la rendrait NÉCESSAIRE. (Beccaria.)

L'IMAGINATION.

Bravo! chère Raison : tu deviens raisonnable.

LA RAISON.

Ce n'est pas moi qui parle...

L'IMAGINATION.

Oh!

LA RAISON.

C'est Beccaria.

L'IMAGINATION.

A son opinion donc il te rallia.

LA RAISON.

S'il n'eût jamais écrit que ce pauvre sophisme,
Il aurait dans ton cœur des droits au fanatisme.

L'IMAGINATION.

Tu me tendais un piége!

LA RAISON.

A son point de départ
Je me mets, puis raisonne et conclus sans grand art.
De l'état social, au moment qu'il se fonde,
Si l'on admet pour vrai que la partie immonde
Garde un droit naturel dans son intégrité
Pour elle, ses enfans et sa postérité,
Et par restriction on ne peut plus mentale,
Elle repousserait toute peine légale,
Les bagnes, les prisons, aussi bien que la mort.
Ce serait faire au crime un très-commode sort,
Si, comme correctif à pareil avantage,
Dont la partie honnête aurait le libre usage,
Les amis, les parens de tout assassiné
N'avaient de même un droit au poignard dégainé.
L'idéal social créé sur cette base
Du moindre sens commun fait d'abord table rase.
L'association entre les plus pervers
Contre ses défaillans tient les couteaux ouverts;

L'association que notre auteur suppose
Des seuls honnêtes gens, au début, se compose,
Du danger des méchants voulant se garantir,
Certains, *alors*, qu'au bien ils ne peuvent faillir,
Et du droit de tuer, *sans un droit réciproque*,
N'ayant pas fait réserve à cette même époque.
— Mais tu cherches trop loin des appuis contre moi.
J'en connais de plus près, de meilleurs, qui font loi.

L'IMAGINATION.

Et, de grâce, lesquels?

LA RAISON, de plus en plus railleuse.

L'excellent Robespierre!
Il a mis en discours ta thèse tout entière.

L'IMAGINATION.

Tigre!

LA RAISON.

Dans l'échafaud, ce tigre très... HUMAIN
Vit, en quatre-vingt-onze, un engin d'assassin.
Sa conduite plus tard, discutable, mais pure...

L'IMAGINATION, interrompant.

Raison! c'est abuser.

LA RAISON, reprenant.

M'est une preuve sûre
Qu'en homme de génie, à son opinion
Il savait adapter plus d'une exception.

L'IMAGINATION.

Es-tu venimeuse!

LA RAISON.

Oh! Moi qui te viens en aide!

L'IMAGINATION.

Finis, et promptement!

LA RAISON.

A ton désir je cède,
Et je vais te charmer. Le grand Beccaria,

Trahissant sa doctrine, avec moi s'allia
Pour ne pas affranchir de la fatale peine
Les criminels d'État.

L'IMAGINATION.

Dieu! quel énergumène!
L'attentat politique est celui des héros;
Au genre humain en marche ils brisent les barreaux
Des infâmes prisons par les tyrans fondées
Pour y faire avorter et périr les idées.
Que tout gouvernement, se défendant contre eux,
S'il échappe à leurs coups, d'un exil généreux
Punisse leur échec, il faut bien s'y résoudre.
Mais qu'il lance sur eux sa déloyale foudre,
Qu'il livre à l'échafaud ses plus nobles enfans,
Pour n'avoir pas été contre lui triomphans,
C'est l'horreur dans l'horreur, l'immonde dans l'immo
L'infâme dans l'infâme où l'enfer rit du monde,
L'odieux dans l'abject, l'abject dans l'odieux,
C'est la férocité dans l'ignominieux.

LA RAISON, haussant les épaules.

Si la peine de mort pour le crime ordinaire
Devenait inutile, il serait nécessaire,
Que dis-je? indispensable à tout gouvernement
Ou despotique, ou mixte, ou libre effrénément,
De l'opposer encore au crime politique.

L'IMAGINATION.

C'est manquer, malheureuse, à la simple logique.

LA RAISON.

Logique? D'un tel mot sais-tu l'acception?

L'IMAGINATION.

Aussi bien, mieux que toi.

LA RAISON.

Quelle prétention!
Saint-Régent, Orsini, Fieschi, trois infâmes

Pour qui *logiquement* d'amour pur tu t'enflammes...
Tendre fille...

L'IMAGINATION, interrompant.

Du tout.

LA RAISON.

— Contre trois potentats
Osèrent les plus noirs de tous les attentats.
Ces monstres gangrénés de venin politique
Montrèrent jusqu'où va la fureur fanatique :
Pour atteindre un seul homme ils en tuèrent cent,
En exposèrent mille,... et, noyés dans le sang,
N'y purent noyer ceux que poursuivait leur rage.
A chanter ces héros ta logique t'engage?
Je te reconnais là.

L'IMAGINATION.

C'est abuser.

LA RAISON.

En quoi?
Je me borne à conclure.

L'IMAGINATION.

En te jouant de moi.
Si l'erreur est un crime, ils furent bien coupables.
Mais tu ne comprends point qu'ils sont tous excusables.

LA RAISON.

Je le crains.

L'IMAGINATION.

J'en suis sûre, et ne les défends pas.
De ces autres héros sur qui, toi, tu frappas,
De ces conspirateurs dont la main est une âme
Au profit d'une idée enfonçant une lame,
Sans hésitation, sans remords, sans terreur,
Bien haut je chanterai la sauvage grandeur.
Ils affrontent la mort! Leur dévouement sublime
Par un tyran vainqueur est traité comme un crime!

LA RAISON.

Tu ne te trompes point. Le tyran est ingrat.
Il sert de point de mire au noble scélérat,
Et ne prend aucun goût à la mansuétude!
Comment n'en a-t-il point encore l'habitude?
C'est bien indélicat!

L'IMAGINATION.

Et c'est infâme à toi
De te perdre en lazzis.

LA RAISON.

Là! là! pas tant d'émoi.
Tous les conspirateurs, jusqu'au tems où nous sommes,
Par leur sombre énergie étaient au moins des hommes.

L'IMAGINATION.

Grands hommes!

LA RAISON.

Je t'y prends! — A l'heure des poignards,
Du crime politique ils prenaient les hasards;
En condamnant à mort le chef de quelque empire,
Ils savaient qu'au supplice il leur fallait souscrire,
Quand défaits aux combats, martyrs *rarement saints*,
Ils en sortaient vaincus, et non pas assassins.
Mais de l'assassinat, dans nos tems de prudence,
Si les conspirateurs ont toujours l'arrogance
De la peine de mort ils prêchent l'abandon
Qui dans nombre de cas équivaut au pardon,
Et, grâce à cette ruse, ou cette perfidie,
Ils espèrent jeter la guerre et l'incendie
Sans péril, donc sans crainte, en l'État désarmé.

L'IMAGINATION.

Quoi! nul conspirateur par toi n'est estimé?

LA RAISON.

Si: dans ceux où la rage arrive au paroxysme,

Quelques-uns du respect m'inspirent le cynisme.

L'IMAGINATION.

Pasquinade!

LA RAISON.

Voyons, respectes-tu les loups?

L'IMAGINATION.

Comme tantôt les chiens. Absurdité!

LA RAISON.

Tout doux!

Réponds sans t'irriter.

L'IMAGINATION.

Question saugrenue.

Non!

LA RAISON.

Moi, je les respecte. Au carnage est tenue
Leur espèce; mais l'homme ayant reçu du ciel
Droit à sa propre vie, il massacre sans fiel,
En respectant, aimant, pleurant même la bête,
Tout loup qui d'un repas loin des bois est en quête.
De même un potentat traite un conspirateur,
Admirant ses vertus, déplorant son malheur.
Crois-tu qu'un souverain, même le plus indigne,
A son renversement, sans combats, se résigne?

L'IMAGINATION.

Entre vils potentats et conspirateurs purs
Le combat s'établit; grands hommes, bien qu'obscurs,
Ceux-ci brisent la chaîne où tous les peuples souffrent,
Ouvrent de leurs poignards les cachots où s'engouffrent
Les libertés, la vie, et le bonheur humains.

LA RAISON.

Surtout quand les poignards sont dans les saintes mains
Qui frappèrent jadis cet infâme Henri quatre,
Et tant d'autres!

L'IMAGINATION.

En vain tu prétends me combattre.
N'as-tu pas conseillé des conspirations?

LA RAISON.

Tu te trompes : c'étaient des révolutions.

L'IMAGINATION.

Querelle de mots!

LA RAISON.

Non. Mais querelle de choses.
Il est, de loin en loin, de solennelles causes
Où je prêche en effet les bouleversemens,
Et j'accepte dès lors leurs affreux complémens,
Le sang versé, la mort, et, pour suite fatale,
Le trouble des esprits, la ruine morale.
A l'heure où, déchaînant les nations en deuil,
A tant d'iniquités je semble faire accueil,
Je me borne à souffrir la sombre conséquence
Que l'œuvre des tyrans enfante par essence,
L'âpre réaction du mal contre le mal!
Je me résigne au bien à ce prix infernal,
Mais je n'exige pas qu'un potentat pardonne,
A qui veut lui ravir la vie ou la couronne.
La clémence est un luxe, aux offensés charmant,
Aux nations fatal, permis, mais rarement.
Par la répression de toute vaine émeute,
Des scélérats l'État met aux abois la meute,
Et les honnêtes gens ne sont pas condamnés
A disputer leur vie à tous les forcenés
Sûrs de l'impunité quand leurs fureurs vénales
Sur la foule sans arme ont fait siffler leurs balles.
Du plus juste attentat le triomphe éclatant
De si terribles maux s'accompagne pourtant,
Qu'on peut toujours douter des bienfaits qu'il apporte.
Donc les conspirateurs dont le complot avorte

N'apportant que les maux des complots réussis
N'ont droit qu'au traitement des pervers endurcis;
Donc les conspirateurs, vainqueurs, vont à la gloire,
Vaincus, à l'échafaud. D'un sombre aléatoire
Un prince généreux peut, seul, les affranchir.
C'est là, plus que partout, qu'il faut vaincre ou mourir.
Du pardon politique un lâche est, seul, en quête :
Quand on joue un empire, il faut jouer sa tête.

L'IMAGINATION.

Avec toi le sang coule et monte à l'horizon!

LA RAISON.

Sottise qui fait bien, comme péroraison.

L'IMAGINATION.

Tu te crois très-plaisante et n'es que sarcastique.
Dans ton goût pour le sang tu te montres cynique!

(Ironiquement.)

Mais changeons de sujet. En ton si tendre cœur,
T'émeus-tu seulement à la sublime erreur,
Au transport héroïque, à la lutte amoureuse
Où l'un des deux amants trouve une mort heureuse
Sous le poignard aimé du pauvre survivant
Qui se frappe en second, et se manque...

LA RAISON, interrompant.

Oh! souvent,
Et, comme c'est toujours la femme qui succombe,
Je tiens à ce qu'elle ait pour compagnon de tombe,
Grâce à moi, l'amoureux qui, se donnant la mort,
Après l'avoir tuée, échoue en son effort.

L'IMAGINATION.

Impitoyable!

LA RAISON.

Oh! non. Je compatis aux femmes
Toujours de bonne foi dans ces funèbres flammes

Que le sang éteint seul. Mon trop juste courroux
A l'homme seulement adresse tous ses coups,
A l'homme qui, d'abord frappant d'une main ferme
Sa maîtresse, s'effleure ensuite l'épiderme,
Et tue, afin d'avoir ailleurs sa liberté.

L'IMAGINATION.

Mensonge!

LA RAISON.

J'ai toujours la curiosité
(C'est mon droit comme femme : ai-je besoin d'excuse?)
De savoir si l'amant loyalement en use,
Et, si l'on m'en croyait, plus d'un de ces tueurs
Mourrait supplicié.

L'IMAGINATION.

Tu ne vis que d'horreurs.

LA RAISON.

Si, pour l'amour du bien, les jurés débonnaires
Avaient contre l'amant de sanglantes colères,
On en massacrerait quelques femmes de moins.

L'IMAGINATION.

Au sang toujours chez toi les quolibets sont joints.

LA RAISON.

Je l'aime moins que toi.

L'IMAGINATION.

Moi?

LA RAISON.

La gloire te charme;
Le sang qu'elle répand ne vaut pas une larme...
Pour toi.

L'IMAGINATION, interrompant.

Quand l'ai-je dit?

LA RAISON.

Je connais tes amours,
Voyons si je me trompe. — Implacable toujours,

La discipline exige, et souvent la main haute,
Qu'on fusille un soldat coupable d'une faute
Qui, presque sans valeur, est telle en son effet
Comme réaction, qu'on la traite en forfait.
Tu le sauverais, toi ?

L'IMAGINATION.

Qu'un guerrier soit indigne,
Au supplice, moi-même, au plomb je le désigne.
L'homme avili qui manque au devoir du soldat
Mérita-t-il jamais que pour lui l'on gardât
La pitié réservée au scélérat vulgaire?
Pour un forfait si grand toute peine est légère,
Logique toujours...

LA RAISON, interrompant.

Oui : c'est ton constant défaut.

L'IMAGINATION.

Silence ! A ce maudit j'épargne l'échafaud.
Pour lui je ne veux pas, fidèle à ma doctrine,
Le bourreau qui dégrade alors qu'il assassine;
Pour lui ses compagnons ont le fusil vengeur ;
Quand on lui prend la vie, on lui laisse l'honneur.
Pour lui ne sonne pas l'heure de la bataille:
Pourtant il meurt soldat, il meurt par la mitraille.

LA RAISON.

Tu pourrais bien finir aux Petites-Maisons.

L'IMAGINATION, avec dédain.

Ton œil pénètre-t-il mes vastes horizons ?

LA RAISON.

Beau style ! Mais pour moi quittes-en les échâsses;
Je marche terre à terre : à courir tu me lasses.
— Mourir sur l'échafaud, suivant toi, c'est affreux.

L'IMAGINATION.

Oui.

LA RAISON.

Mourir fusillé, c'est heureux, très-heureux.

L'IMAGINATION.

Oh!

LA RAISON.

Des deux châtimens pour un forfait semblable
Le premier déshonore?

L'IMAGINATION.

Oui.

LA RAISON.

L'autre est honorable?

L'IMAGINATION.

C'est plus que je n'ai dit!

LA RAISON.

La criminalité
Gît donc dans le supplice.

L'IMAGINATION.

Oh!

LA RAISON.

Pour l'exécuté,
Je parle du soldat qu'on passe par les armes,
Si l'honneur qu'on lui fait n'avait pas mille charmes,
Il serait difficile! A lui le plomb mortel,
Et, COMME CHATIMENT, la vie au criminel.
Que tu raisonnes bien! Je ne veux plus combattre:
Deux et deux faisant six, trois et trois feraient quatre.

L'IMAGINATION.

Voyez-vous l'insolente et son bel argument!
Tiens! tu n'es bonne à rien, et tu fuis lâchement
Dans cette question ce qu'elle a d'effroyable:
L'erreur qui tue un juste en le croyant coupable.

LA RAISON, avec âpreté.

Non, je ne fuis jamais, même en tes plus beaux jours.
Maintenant tu vas voir si j'use de détours.

Parmi les innocens sur qui tombent les crimes,
Qu'aimes-tu mieux, réponds! une ou bien deux victimes?

L'IMAGINATION.

Railler! railler toujours!

LA RAISON.

Non, certe, en ce moment;
Il est solennel.

L'IMAGINATION.

Ah!

LA RAISON.

Réponds!

L'IMAGINATION.

Une, vraiment!

LA RAISON.

Je te le dis bien haut: Qu'un innocent périsse,
De très-loin en très-loin, tué par la justice
Qui le croit criminel, sans faiblir, j'y consens...

L'IMAGINATION, interrompant.

Épouvantable horreur!

LA RAISON, continuant.

Si plusieurs innocens,
Pour un seul immolé, me doivent l'existence.
Comprends-tu?

L'IMAGINATION.

Non.

LA RAISON.

Voyons: Pour suprême évidence,
De la peine de mort, dans mille cas, la peur,
Au moment du forfait, arrête un malfaiteur.
Si l'état social, supprimant un coupable,
Sauve dix innocens, la logique implacable
Exige qu'on accepte, et d'un stoïque esprit,
Les *si rares* erreurs où l'innocent périt...

L'IMAGINATION, interrompant.

Mon Dieu! mon Dieu! mon Dieu!

LA RAISON.

Finis tes patenôtres,
Une tête tranchée en préserve dix autres,
Hypocrite!

L'IMAGINATION.

Du sang!

LA RAISON, haussant les épaules.

Triple folle! — Aux humains
Enseigne les beaux-arts, mais que tes faibles mains,
Suffisant à mener l'enfant, la femmelette,
L'homme à faible cerveau, le songeur, le poëte,
Ne prétendent jamais aux rênes d'un État.

L'IMAGINATION.

Je saurais mieux que toi guider un potentat.

LA RAISON.

L'État, tu le sais donc? soit en paix, soit en guerre,
Rit de l'individu, jamais ne considère
Que le tout social, par lui représenté,
Sacrifie au grand nombre une simple unité.
Quand il donne la loi, la règle, le principe,
Aux applications il sait que participe
L'homme avec sa démence ou ses égaremens;
Il met entre ses mains les plus sûrs instrumens,
Qui lui sont demandés au jour de la sagesse;
L'homme, au jour de folie, ou s'y tue, ou s'y blesse:
Qu'il s'en prenne à lui seul d'une fatale erreur.
L'État pose un jalon, montre un chemin. Malheur
A l'aveugle y marchant sans me prendre pour guide!
De la peine de mort il fait le déicide!...
A quelques innocens, par sa faute égorgés,
Donnons des pleurs amers. Dans le sang naufragés,
De la justice humaine ils forment une épave

Qu'en haine de mes droits, pour me couvrir de bave,
Le poëte rhéteur feint d'arracher aux flots;
Mais malgré l'art caché dans ses sombres tableaux,
Le navigateur rit, et toujours brave l'onde.
En vertu d'une loi qui pèse sur le monde,
Et le bien, et le mal n'y sont pas absolus;
Ensemble au genre humain ils furent dévolus;
Ils sont dans les plateaux d'une même balance
Dont le niveau toujours offre une différence;
Celui du bien, souvent, par l'autre est enlevé.
Dans ce même plateau l'échafaud conservé
L'abaisse jusqu'au sol, en lançant au nuage
Celui du mal où pèse en vain plus d'un faux sage,
Et le sang innocent qui coule *par erreur*
Ne l'alourdit pas plus qu'un sophisme menteur.

L'IMAGINATION.

Raison, tu ne connais ni pitié, ni clémence.
Tiens! je te hais.

LA RAISON.

Écoute, et guéris ta démence.
« Dans un État quelconque, au tems jadis, advint
« Que d'un roi débonnaire un scélérat obtint,
« Pour un assassinat, le premier, grâce entière.
« Du sang le monstre avait la rage meurtrière.
« Dix-sept assassinats, — remercîment bien dû!
« — Suivirent le pardon. Il fut enfin pendu... »

L'IMAGINATION.

Par un autre forfait!

LA RAISON.

Silence!

L'IMAGINATION.

Achève, achève.

LA RAISON.

« Sur sa scélératesse une clameur s'élève :

« Le roi s'épouvantait à ce comble d'horreur.
« Il commit un forfait, dit un hardi frondeur,
« Et Votre Majesté commit les dix-sept autres.
« —Traître!—En pardonnant, Sire, ils sont devenus vôtres.
« Si cet homme eût été justement immolé
« Au premier, dix-sept fois le sang n'eût pas coulé [1] ! »

L'IMAGINATION.

Mon Dieu! peut-on conter aussi mal une histoire!
Sans style, sans détails, sans le moindre accessoire;
A peine commençant s'arrêter aussi court!
Avec un tel sujet! As-tu donc l'esprit lourd!

LA RAISON.

Je réussis bien mieux avec moins de paroles.
Et la peine de mort, ô princesse des folles,
En divaguant ainsi, tu la mets de côté?

L'IMAGINATION.

Tigres, honneur et gloire à votre humanité!

LA RAISON.

Miséricorde! assez!

L'IMAGINATION.

Non, tu hais la clémence.

LA RAISON.

Elle est des potentats quelquefois la démence,
La faiblesse souvent, la vaniteuse erreur,
L'infirmité d'esprit, même le déshonneur;
(Ceux à qui Dieu donna les dignités suprêmes,
Ont-ils jamais le droit d'en user pour eux-mêmes?)

[1] A l'époque de ma jeunesse, j'ai lu cette anecdote dans je ne sais quel ouvrage. Il m'a été impossible de le retrouver. Si quelque lecteur pouvait me l'indiquer, je lui en saurais un gré infini.

Dans la période de 1856 à 1860, on compte, année moyenne,

493 récidivistes sur 1000 accusés de vols qualifiés;
411 — — de coups et blessures envers les ascendans;
402 — — d'assassinat.

Parfois elle s'élève au crime social.

L'IMAGINATION.

Bois du sang, bois du sang!

LA RAISON, levant les épaules.

Lieu commun trivial,
Dans l'intérêt de tous, j'en verse quelques gouttes,
Et toi, dans le tien seul, jamais, tu ne redoutes
De le voir aux combats se répandre à torrent;
Je te l'ai déjà dit.

L'IMAGINATION.

En te déshonorant.
Mais, malgré toi, ma cause avance dans le monde.

LA RAISON.

Heureusement!

L'IMAGINATION.

Comment?

LA RAISON.

En désastres féconde,
Bientôt à mon profit elle réagira.

L'IMAGINATION.

Le jury m'appartient. Toujours il me suivra.

LA RAISON.

Non, bientôt des jurés la féroce indulgence,
Développant par trop la criminelle engeance,
Je te vaincrai. Mêlant dans des jurys moyens
Les fermes magistrats aux faibles citoyens,
La robe pour un tiers, le frac pour les deux autres,
De la pitié qui tue écartant les apôtres,
A la magistrature, en attribution,
Des peines confiant l'atténuation
Enlevée au juré qui follement en use,
Je pourrai m'opposer aux pardons sans excuse.
Gardant au souverain, suprême justicier,
Le droit de commuer, le droit de gracier,

Soumettant tout arrêt où la mort joue un rôle
A son OBLIGATOIRE et bienfaisant contrôle,
Combattant la faiblesse où l'État se dissout,
Mettant ainsi la règle où le caprice est tout,
Où la philanthropie exerce son ravage,
Où chacun d'un serment sans honte se dégage,
Je rendrai la lumière à d'aveugles esprits
Qui se sont trop longtems de sottises épris.

L'IMAGINATION.

Tigres, honneur et gloire...

LA RAISON, l'interrompant.

Y revenir encore!
Fi donc!

L'IMAGINATION.

Pour te convaincre.

LA RAISON.

Impossible.

L'IMAGINATION.

Pécore!

LA RAISON.

Pauvre fille!... Et je vais cependant t'imiter.

L'IMAGINATION.

Toi? Non.

LA RAISON.

En terminant, je vais me répéter.
— La première moitié du beau siècle où nous sommes
Vit périr, rien qu'en France un... deux millions d'hommes,
Ses plus dignes enfans, envoyés au trépas
Dans ces guerres où, moi, je n'applaudissais pas.

L'IMAGINATION, interrompant.

Tu hais la guerre. Un peuple assez vil pour te croire
Courrait à l'esclavage, à la mort dans l'histoire.

LA RAISON.

Toujours exagérer, ou te mettre en plein faux!

L'IMAGINATION.

Tu hais la guerre.

LA RAISON.

Oh ! oui, plus que les échafauds.

L'IMAGINATION.

Dieu !

LA RAISON.

Mais je la préfère immédiate, affreuse,
Aux maux futurs, plus grands, d'une paix tout heureuse.
Du siècle où nous vivons la première moitié
Versa le sang humain sans calcul, sans pitié,
En ne me consultant que pour me méconnaître :
Mais dans l'autre moitié mon beau tems vient de naître.
Les plus grands potentats, un surtout, à ma loi
Sont soumis en Europe, et la guerre par moi,
Quand elle ouvre à la paix une féconde source,
Est souvent provoquée en suprême ressource.
Si j'en plains les excès, toi, pour des malfaiteurs,
Justement châtiés, tu réserves tes pleurs !

A ces deux millions, de si pures victimes
Quinze cents s'ajoutant après d'horribles crimes,
Seulement un pour mille, en subissant leur sort
Sauvent ceux dont leur vie eût assuré la mort;
Ridicule à plaisir, par ta vaine faconde,
Par tes sonorités tu fatigues le monde;
Tu plains les assassins, mais chaque assassiné
A de justes mépris te semble destiné !
Cependant je combats, et j'aurai la victoire.

[1] Je suppose, *en nombres ronds,* trente millions d'habitans en France pendant ces cinquante ans. Un exécuté par million en donnera trente par année, ou quinze cents en cinquante années. La moyenne de trente millions, qui ne comprend pas les accroissemens temporaires de la France sous le premier Empire, est peut-être un peu faible.

De la sottise, enfant, le rôle transitoire
M'est d'un puissant secours. En exaltant le mal,
Du bien elle est l'étape, et son règne fatal
Du mien sera suivi. Bientôt d'un rire immense
Le monde saluera l'ancienne extravagance ;
Comme nécessité, les supplices admis
Dans les malfaiteurs seuls auront des ennemis.

L'IMAGINATION.

Tigres, honneur...

LA RAISON, interrompant avec vivacité.

Toujours! Ah! tais-toi, malheureuse!
Tu me pousses à bout. Ta thèse généreuse
Est celle des esprits égoïstes, malsains
Qui, pour jouer un rôle, emploient les assassins,
Non comme épouvantail, mais comme leurs comparses.
De la société les ruines éparses,
Quand ils l'auraient conquise, à ces démolisseurs
Formeraient piédestal au milieu des splendeurs,
Des adorations, des poétiques fêtes...
Non. Ils y laisseraient, et les premiers, leurs têtes,
Châtiés par les fous et par les scélérats
Qu'ils auraient déchaînés, qu'ils trouveraient ingrats
A l'heure où leur servant, dans l'État, de pilotes,
Ils leur apparaîtraient en porteurs de marottes.
Tiens! de la probité blessant, tuant la loi,
Ta thèse est un calcul où meurt la bonne foi!

Paris. — Typographie de Ad. Lainé et J. Havard, rue des Saints-Pères, 19.

www.ingramcontent.com/pod-product-compliance
Ingram Content Group UK Ltd.
Pitfield, Milton Keynes, MK11 3LW, UK
UKHW020348250726
13967UKWH00005B/2173

9 782012 871830